이 땅에 태어나서

5월시 동인시집 제1집

이 땅에 태어나서

초판 1쇄 인쇄 2020년 5월 10일
초판 1쇄 발행 2020년 5월 18일

지은이 김진경 박몽구 나종영 이영진 박주관 곽재구
펴낸이 김연희
주간 박세경

펴낸곳 그림씨
출판등록 2016년 10월 25일(제406-251002016000136호)
주소 경기도 파주시 광인사길 217(파주출판도시)
전화 (031) 955-7525
팩스 (031) 955-7469
이메일 grimmsi@hanmail.net

ISBN 979-11-89231-29-3 (04810)
ISBN 979-11-89231-28-6 (세트)

이 도서의 국립중앙도서관 출판예정도서목록(CIP)은 서지정보유통지원시스템 홈페이지(http://seoji.nl.go.kr)와 국가자료공동목록시스템(http://www.nl.go.kr/kolisnet)에서 이용하실 수 있습니다.(CIP제어번호: CIP2020018301)

5월시 동인시집 제1집

이 땅에 태어나서

김진경 박몽구 나종영 이영진 박주관 곽재구

그림씨

머리말

동인지 재출간에 즈음하여

가난한 시대에 시쓰기란 무엇일까? 어두운 시대에 우리말을 정련하여 어떠한 시를 쓸 것인가? 이와 같은 과제는 한국현대시를 형성시켜 시사의 산맥을 일으켜 세운 일제강점기 시인들에게만 놓여 있었던 것이 아니다. 우리가 시쓰기를 선택하여 청년기를 보낸 유신독재의 1970년대 또한 시대의 어둠이 하늘을 무겁게 짓누르고 있었다. 이런 질식할 듯한 상황 속에서 청년기의 동인들은 각자 시를 통해 숨쉴 통로를 찾아나섰던 것이다. 나아가 가난하고 어두운 시대를 만나 진정한 것을 어떻게 드러내어 일으켜 세울 것인가라는 과제에 나름대로 골몰하고 있었다.

1980년 5월에 우리는 갓 등단하였거나 등단의 시기를 앞두고 있었다. 몇 사람은 광주에서 살고 있었고 나머지는 광주 밖에서 살고 있었다. 그때 우리는 현장의 안팎에서 긴박하게 광주의 잔혹한 학살과 처절한 항쟁을 겪었다. 그것은 정신적으로 빛과 어둠이 극명하게 대비되어 교차한 사건이었다. 우리의 삶과 시가 뿌리내릴 땅이 어디에 있나를 근본적으로 되묻게 한 사건이었다. 이후에 우리는 마치 신들린 것처럼 광주항쟁의 빛으로 시를 보았고 시를 통해 광주항쟁을 보게 되었다. 그러한 공감대를 서로 확인하였을 때 자연스럽게 동인활동을 함께하게 되었다.

광주항쟁은 일단 표면적으로 군부의 총칼에 참혹하게 패배

한 사건처럼 보였다. 하지만 미래로 나아갈 길은 광주항쟁을 통해 찾아야 한다는 것을 강하게 느끼고 있었다. 어둠 속에서 빛나는 희망을 향해 조심스럽게 감각의 더듬이를 내미는 것이 당시에 우리가 말길을 여는 방법이었다. 이렇게 말길을 여는 과정에서 감추면서 드러내고 드러내면서 감추는 시의 속성이 함께 작용하였다. 이것이 우리가 '오월시'라고 이름을 정하고 함께 동인지를 내게 된 배경이었다. 오월시 동인지를 내는 행위 자체가 광주항쟁의 빛으로 삶과 시의 길을 찾겠다는 다짐이었다.

어둠 속에서 희망을 찾듯이 침묵 속에서 말을 찾았다. 암중모색이기에 목청을 키울 필요가 없지만 씨앗처럼 생명력을 품은 말을 찾아 시를 썼다. 각자의 시들을 들고나와 합평을 하였는데 그 자리에서의 비판은 가차없이 신랄하였다. 하지만 서로 다른 개성과 내공에 대한 존중이 은근히 깔려 있었다. 감각과 호흡이 다를 수밖에 없는 상대를 서로 만만치 않다고 느끼면서 동시에 동질감도 느꼈다. 그렇게 시를 모았고 책을 엮었다. 공적인 출판사도 아닌 곳에서 은밀히 찍어 대학가 서점에 위탁해 유통시켰다. 그것이 군부쿠데타 세력의 검색을 피해 1981년과 1982년에 연이어 간행한 5월시 제1집과 제2집이었다.

광주항쟁은 우리에게 단순한 소재가 아니었고 당시의 시대정신을 발현시키는 하나의 상징이었다. 우리가 민중성이나 현실성의 구현이라는 화두를 붙들고 씨름한 것도 이와 관련된다. 개별적인 감수성이나 정서를 드러내는 시의 특성을 최대한 살리면서 어떻게 시대정신을 구현할 것인가가 우리에게 주어진 과제였다. 언어 예술로서의 아름다움과 선선함을 궁극적인 자리까지 밀고 나가면서 어떻게 효과적으로 민중성과 현실성을 살릴 것인가도 우리의 시적 과제였다. 이러한 과제가 유발한 긴장을 견디면서 1983년부터 1985년까지 연속적으로 제3집, 제4집, 제5집을 간행하였다. 민중시선이라는 이름으로 시집을 낸 청사출판사가 거점이었다.

한편 우리는 화가들과 교유하면서, 예술 작품 속에서 민중성과 현실성이 어떻게 구현되는지를 함께 탐색하기도 하였다. 1983년과 1986년에 간행된 두 권의 판화시집이 그 결실이다. 동인들 입장에서는 판화와의 작용과 반작용을 통해 시의 나아갈 길을 새롭게 묻는 작업이었다. 세부를 생략한 단순성의 힘이라든가 시각적 호소력을 갖는 언어에 대해 생각하는 뜻깊은 시간이었다.

1980년대 중반에 접어들면서 점차 사회운동의 열기가 고조되었다. 동인들은 1984년에 재건된 문학운동 단체인 자유실천문인협의회 활동에 실무를 맡아 적극적으로 참여하였다. 교육운동의 전기를 마련한 『민중교육』지 사건으로 현직 교사인 동인 세 명이 투옥되기도 하였다. 이러한 활동들은 광주항쟁의 정신을 이어받고자 한 동인들의 자연스러운 행보였다. 반독재 민주화의 도도한 흐름은 점점 거스를 수 없는 물결이 되었고 1987년의 유월항쟁으로 새로운 시대를 열게 되었다. 당시에는 수많은 이들의 희생과 헌신이 뒤따르는 고투였지만 돌이켜보면 한국사에서 드물게 보는 역사의 상승기였다.

새로운 시기를 맞이하여 예전과 같은 동인활동은 지속되기 어렵다는 것을 느꼈다. 5월이라는 은유가 더 이상 필요하지 않는 시대가 된 것이다. 광주항쟁의 불빛으로 어둠 속에서 시쓰기의 길을 찾는 시대는 지나갔고 새로운 의미를 살리지 못하는 동인활동은 의미가 없다고 판단되었다. 또한 동인으로서의 동질감에서 벗어나 각자 나름의 독자성을 강화시켜 개성적인 시 세계를 펼쳐 나갈 시인으로서의 과제에 직면하기도 하였다. 그렇게 한참 세월을 흘려보내다가 1994년에 현황을 점검하듯이 동인시집 제6집을 간행하였고 일단 그것으로 동인활동은 기약 없이 중단되게 되었다.

이상으로 5월시 동인활동 과정을 간략하게 자기고백의 형식으로 밝혀 두었다. 동인시집 재출간에 즈음하여 속사정을 밝힐 필요를 느꼈기 때문이다. 이상에서 언급한 5월시 동인시집 여섯 권과 판화시집 두 권 중에는 도서관에서 찾을 수 없는 책도 있다. 검색을 피해 제도의 울타리를 넘나들며 출판되었기 때문이다. 그냥 두면 인멸할 것을 걱정하여 재출간을 기획한 그림씨 출판사에 고마운 뜻을 표한다.

2020년 봄날에

5월시 동인 일동

차례

김진경

바람

바람은 어디서 태어나는지도 모르는데
절망한 줄을 모르고
꽃에서 꽃으로 불어간다.

시궁창에서 시궁창으로
쥐구멍에서 쥐구멍으로
멈추었다가 다시 불어가고

다 잊은 듯이 그친 뒤에도 다시 불어간다.

바람은 절망할 줄을 모르고
바람은 쓰러질 줄을 모르고
낮은 곳에서 낮은 곳으로
다시 낮은 곳에서 낮은 곳으로 불어간다.

바람은 불면서 탑만 보이고
바람은 불면서 흙만 보이고

보이지 않는 곳에서 보이지 않는 곳으로 바람이 분다
보이지 않는 것들을 흔들면서 바람이 분다
바람은 절망할 줄을 모르고
꽃에서 꽃으로 불어 간다

바람은 쓰러질 줄을 모르고

풀

그대 어느 곳에서 날 부르는가
어릴 적 혼자 넘던 산길
오포가 울고
뻘겋게 파헤쳐진 참호들이 꿈틀거리며 살아났지

햇빛은 무너지고 있었어
한여름 땡볕이 까맣게 무너져 내린 어둠
그대는 거기서 날 부르고 있었지
나는 한 줄기 풀잎이었다.

한낮의 땡볕을 모두 빨아들인 풀잎.
열병을 앓았어 기나긴 열병을
그대의 가슴을 꿰뚫었을 감촉처럼 뜨거운 피의 열병을

배암이고 싶었지 뻘겋게 들끓는 황토를 기어가는
몸서리치게 차가운 배암이고 싶었지
그대 여기 저기 거적에 덮여 누웠었다는 골짜기
바위 틈서리를 기어서 풀딸기도 빨갛게 피고 있었지

풀잎이었네, 한낮의 땡볕을 모두 빨아들인
그대 함부로 누운 주검 앞에
쨍쨍한 요령소리 풀잎이 흔들리고 있었네.

진혼鎭魂

떠나네,
적셔줄 물 한 방울 없이
햇빛은 차가운 사슬처럼 팔목을 파고드는데

피도 스미지 않는 바닥
찢어진 깃폭처럼 비둘기는 떨어져 내려
까마득한 현기증,
목마름만이 우리의 것일 뿐.

저 푸르게 엉크러진 봄도, 햇빛도
끝내 우리의 것은 아니었네
오, 저기 싸늘하게 날 선 칼날들
우리의 젊음에 파수 서고

삶은 죽음보다 기나긴 어둠
참음으로도 다할 수 없었네
그대의 입술에 맺힌 핏방울
끝내 남은 말은 멍울져
가슴마다 터지는 피의 개화開花.

삶은 이러해야 할 것이네
삶은 이럴 것이네

손에 손을 잡고 언덕 위에 서는 날

끝내 남은 그대의 말은 멍울져 꽃 피리니, 꽃 피리니.

보리밭

파편이 운다
하늘이 쇠빛으로 푸른 날
현기증처럼 까맣게 가슴에 살아나는……
보리밭이었다.

네 주검의 낯선 향기가 숨어서 고개를 내민
푸른 보리들은 진한 코피를 흘리고
너의 다문 검은 입술
뚫어진 너의 눈자위

하늘은 깨어질 듯 쨍쨍 소리를 내고
빛들이 폭풍처럼 들판 위로 쏟아져 내리고
너의 무기는 네 손 위에서 꼼짝 못하고 있었다.
징징징징 대낮의 고요를
너의 주검만이 거기 누워 듣고 있었다.

징징징징 보리들이 타올라서 하늘을 사르고
고혈압의 진한 코피가 땅으로 스미고 있었다
미친 혼魂이여.
하늘이 보리밭 사이로 무너져 내려
꿈틀거리고 있었다.

무심無心

하늘은 하늘이라 푸르기만 한데
햇빛은 햇빛이라 가득하기만 한데
시궁창 옆 풀잎들이
오늘에사 조금씩 햇빛을 부수고 있다.

뿌리를 스치며 흐르는 더러운 물을
오늘에사 물소리로 듣고 있다
이것은 또 얼마나 많은 날을 뒤척여온 뒤에
씻기운 마음은 마음인 대로 새파란 하늘을 보는 것이냐.

목숨은 목숨인 대로 흙에 내려놓고
하나의 풀잎으로 피어 햇빛을 부수느니
뾰족한 풀잎 끝에 까맣게 햇빛이 묻는다.

이곳에선 모든 것이 목숨의 일을 버린 뒤에 보이느니
까만 손톱에 묻은 피처럼
풀잎 끝 무너지는 햇빛 속으로
쥐들이 뜨는 동그란 눈.
파란 풀꽃이 보일 듯하다.

빗속을 걸으며
—한기에게

비에 젖어 외쳐대는 풀잎들.
검둥이 노예처럼 엎드린 아스팔트.
아스팔트의 꿈틀거리는 힘살이
따갑게 비를 맞으며 살아난다.

빗물이 흐르는 우리들의 어깨 위에서
자욱히 피어오르는 열기, 빗줄기를 거슬러 오르고
번쩍이는 환상처럼 떠오르는 자유自由, 자유自由여!

빗줄기는 폭포처럼 우리들의 가슴을 꿰뚫고
삼각산이 북악이 묵묵히 빗속을 다가왔다.
어둠 속에 묻혔던 얼굴
수많은 침묵의 세월에 주름진 너의 얼굴로
빗물이 흘러내리고
너는 울고 있었다.

지금 우리는 고향으로 가는 거예요
이 땅 위에 쳐진 모든 철망을 넘어서
푸른 보리들은 일어서 오고 있는 거예요.

하지만 바람은 무수한 너의 얼굴 위로 매운 연기를 뿌리며
어둠을 몰고 오고

지금 사슬에 묶인 너의 노래만이 가슴에 남아 빛난다
열기 속에 들어 올린 너의 두 팔이.

밥과 사랑과 자유自由와

너의 목소리 듣고 싶다
사내야
늦은 밤 무너진 집터를 건너오면
여기 저기 깨어진 불빛, 웃음 조각들.

낮은 지붕 밑의 불켜진 창 곁을 지나며
매일의 밥과 사랑과 자유自由와
너의 목소리 안에서 흩어지는 웃음소리가 그리웠다.

살아가며 알겠노라고
미물의 하찮은 사랑마저도 얼마나 이루기 어려운가를
너는 한탄하고
맹세하고, 조금씩 분노하며
망설이듯 어둠 속을 멀어져 갔다.

보인다. 사슬에 묶인 너의 모습
지금 어느 곳 차가운 바닥 위에 서서
입김을 불며 창살이라도 녹이고 있느냐
늦은 밤 무너진 집터를 건너오면
여기 저기 깨어진 불빛, 웃음 조각들,
……그립다.

저물 무렵

무등 혹은 우리들 마음의 기둥

별

다시 맞은 봄

드뷔시를 들으며

손

가을의 사랑

빈 잔

보고 싶은 사람에게 갔다가도

H읍에서

저물 무렵

갈길이 바쁜데
세게 잡고 있는 이 손을 놔요
틀어막은 입을 풀어 줘요
답답한 가슴을 치워요
당신의 등 너머로 딱하게 아가리를 벌린
낡고 큰 건물이 싫어요
큰 문으로 굴비를 엮어 놓은 듯
줄줄이 끌려 들어가는 사람들이 싫어요
갈 길이 바쁜데
더 이상 캄캄한 데로 끌고 가지 말아요
그 눈을 치워요 그 주먹을 치워요.
당신을 따라오는 저 바다가 싫어요
저 바다를 타고 떠밀려오는
외국 군함이 싫어요.
갈 길은 멀고
비켜 줘요
당신의 억센 등은 따뜻한 나라를 가지고 있어요
날 놔 줘요
왜들 보고만 있어요
이 괴한을 치워 줘요.

무등 혹은 우리들 마음의 기둥

잘못 가는 길에서 맡겨진 몸밖에
남이 지배하도록 버려두는 마음밖에
남은 게 없을까 싶을 때
그것이 강가의 모래알처럼 불어날 때
탁한 강물에 이대로 휩쓸려 가고 말 수는 없을 때
무등을 생각한다
손에 손 맞잡고
쓴 잔을 들이키며
새벽마다 포로된 마음들을 소스라쳐 놀라 되찾으며
어둠 앞에 굳게 선 무등을 생각한다
꿈 속의 맨발로 광주에 간다
캄캄한 밤에는 하나의 별
가시밭길 속에서는 저 하나
기꺼이 상처 안고 누워서 돌파구가 되는
무등의 형제들을 생각한다
써 봐야 써 봐야
백지만 흩날릴 때
칼 위를 걷는
성한 데 없는 몸뿐일 때
꺾여도 꺾여도 고개를 다시 꼿꼿이 쳐드는 무등은
조그만 실패 하나로 주저앉으려던 나를
번쩍 안아 일으킨다

그리움으로 그리움으로 치달리게 한다

별

다 보고 있어요
어느 길이 막혀서 헤매는지
한 가슴에 고인 시름의 바다가
다시 어디로 흘러가는지
시름 바다 고이고 고여서
이 깊은 밤 어디에서
감추어진 원한으로 빛나는지
그리움이 타는 고향 마을에 뜬 별
가시 위에 꽂힌 별
해말간 얼굴을 씻어
다 보고 있어요
입 다문
꽃 같은 넋들 어디로 몰려가서
밤새 통곡을 하는지
말하지 않아도
눈빛으로 알아요 맺힌 가슴으로 알아요
천 겹 먹장 구름으로도
불호령으로도
저벅저벅 금지 구역을 펼쳐가는
발소리로도
지울 수 없는 불타는 눈
언제까지나

어디서나 지지 않고
그대의 차디 찬 손
쥐고 있어요
오랠 적 친구처럼
곁에 있어요.

다시 맞은 봄

너는 갈 것만 같네
보송보송 벙그는 꽃망울에 맺히는 이슬이여
너의 모처럼의 탄생은
다시 지고 말 것만 같네

언 땅이 오래 오래
아니 천 년을 넘어 언 땅이
녹고
내 뚝심의 쟁기가 갈아엎는다만
내 앞길은
명주실의 보드랍고 가는 앞길은
제네랄 일렉트릭만 까딱해도
물 건너 마쓰시라의 그림자만 비쳐도
흔들흔들
빗나가네
쓰러지고 말 것만 같네.
너는 갈 것만 같네
케터필러에 한 쪽을 물려
갈 것만 같네

일어서도 일어서도
뜯겨진 몸으로

아아, 살갗을 파고드는 오랏줄로
오는 이 봄은
꽃길을 따라가는 이 겨울의
끝은

드뷔시를 들으며

때로는 얽히고설킨 싸움도 잠시 버려두고
남쪽으로 열린 유리창이 시원한
상도동 문화네 집으로 가 드뷔시를 듣는다.

나는 드뷔시를 들으면
절제된 슬픔에 잠긴다.
울음이 터져 나오려 애쓰다가도
코감기 정도에서 그쳐 버린다.
내가 걸어온 길은 내 짜릿한 기억들은
적어도 비애에 적시고 말 것들이 아니기 때문이다.
내 마음은 간단하지가 않다
창 너머 뜨락에 만개한 꽃이며
멋들어진 하늘을 보는 게 아니다.
휩쓸려 사는 머얼리
어둠에 묻혀 있던 것들이
고개를 들 뿐이다.

문화가 말했듯
드뷔시는 동양의 음률에서 착상을 해냈다지만
배울 게 따로 있지
나는 내 머릿속을
드뷔시가 옮기지 못한

우리나라의 구석구석으로 채운다.

드뷔시가 옮기지 못한 우리나라의 구석구석으로 채운다.

모처럼의 휴식도 박차고 일어나

종로 쪽으로 끓는 핏덩이를 냅다 던진다.

손

거센 바람에 날아갈라
찍어 내리는 파도에 부서질라
핏줄이 비치는 내 사람의 손
저는 곧 부서질 듯 부서질 듯
나부끼면서도
내가 가장 약해졌을 때
다시는 일어설 수 없을 것처럼 보일 때
때로 바위 앞에 곧은 소리를 던지다가
파싹 납작해진 계란이 되었을 때에도
모든 불가능을 뛰어 넘어
나를 다시 불타게 하는 것이여
가려진 거리 저 편을 다 아는
램프빛 비치는 내 사람의 손
너로 하여
나는 절망의 늪에서 헤어나 앉고
부서진 어깨를 다시 일으켰다.
우리들 연약한 것들이 서로 만나
이제 저렇듯 산더미의 도전도
마다 않을
굳은 악수

가을의 사랑

멀리서 멀리서 오는 그대를 위하여
우리들은 목마름으로 맑게 깨어 있다
길고 긴 장마에 갇혀
캄캄한 소식을 기다리며 깨어 있다.
가시나무 위에
살을 파고드는 밧줄 아래 깨어 있다.
꼭 물러가야 할 여름 앞에 맞서 있다.
팔리지 않는 노동력 위에
맨주먹으로 씻는 눈물 위에 깨어 있다.
그대의 한 가닥 굳은 약속이
우리들의 모든 것을 앗아간다 할지라도
죽어서 말한다 할지라도
가을에 그대를 맞을 수만 있다면
진흙에 박힌 눈들은 깨어 있다
끊어진 길 길들을 이으며 깨어 있다.

빈 잔

너를 기다리고 있는 동안
시간은 기린 목보다 길다.
문 밖으로 돌려진 내 마음은
술이다
벌겋게 타고 있다

내가 걷고 있는 길이
돌밭뿐인데도
기꺼이 뿌리를 내려
이쁜 꽃이 된 사람아

오늘은 왜 이리 늦는지
너를 기다리고 있자면
나는 다 비어서
빈 잔이 된다
채워지기를 기다리며
저물도록 말라가고 있다.

보고 싶은 사람에게 갔다가도

보고 싶은 사람에게 갔다가도
돌아오고 만다.
으슥한 데 숨어서 지켜보는 눈들을 피해
어두컴컴한 다리 밑을 지나 뻘 밭을 건너
첩첩한 고개를 넘어
도라지꽃 붉어진 마음으로 갔다가도
그의 모습을 눈앞에 번히 둔 채
차마 부르지 못하고 발길을 돌린다.
부르기만 하면
팔이 가는 내 사람은
날개를 단 듯 달려올 텐데
떨어지지 않는 눈길을 돌려
돌아오고 만다.
내가 몰고 가는 새벽을 내내 기다리는
내 사람에게 갔다가도
나를 기다리는 사람의 불같은 희망마저 부서질까 봐
돌아오고 만다.

H읍에서

이제는 그만 그쳤으면 좋겠다고
몇 번이나 고쳐 바랐지만
거리는 여전히 시끄럽기 짝이 없다.
촉촉이 모처럼 싹을 내민
고추며 마늘을 다 썩게 만든 다음에도
비는 짓밟기를 멈추지 않는다.
이렇게 가다가는
들판의 벼들도 노오란 열매를 앗아
고개를 숙이기는커녕
싹도 내밀기 전에 익사하고 말겠다고
친구의 아버지는 내내 기침만 하신다.

낯익은 얼굴들일랑 거리에 뵈이지 않고
이 강산에 내리는 비를
사랑하기에는 너무나 아픈 날들이지만
내 가슴은 아직 빨갛게 타고 있다.

머지 않아 거리를 물밀고
빈 틈 없이 올 새벽을 믿고 있기에
빗 속에서도 우리가 손을 놓치지
않은 채 가다 보면
엉덩이 하나 어디 둘 데 없을지언정

마음만은 넓은 풀밭에

놓아두고 살다 보면

무지개를 보겠기에

어둠 속에서 빗속에서 이렇듯

우리들은 타고 있다.

나종영

양화진楊花津에서

절두산 기슭에 서서
저문 강물이 흐르는 소리를 듣는다.
1866년 금압령이 내려진 거리에서
믿음을 위하여 목숨을 던진 교우들이
믿음을 잃은 친구들을 일깨우는 곳
오늘은 목잘린 교우들의 외침이
붉은 노을에 닿아 박힌다.
한 잎 잎새를 떨쿠는 바람이
교회당 첨탑 지붕 너머로 넘어가고
나는 어두운 한 시대가 저무는
쓸쓸한 겨울 거리의 모퉁이에서
호외를 손에 쥔 사람들의
비탄에 잠긴 표정을 본다.
저만치 강물을 가로질러 뻗은
대교大橋의 불빛이 흩어져 눈부시고
세계의 어느 도시로 떠나가는
은빛 여객기의 엔진소리가 드높다.
일찍이 금압령이 내려진 나라
그때 목잘린 교우들의 이름을 되새기면서
나는 후미진 절두산 기슭에 앉아
어두운 강물이 깊이 흐르는 소리를 듣는다.
짙은 안개가 걷히는 새벽

강건너 여의도 의사당 광장에는
그늘 없이 뛰어노는 한 떼의 아이들
묵묵히 첫눈을 맞으며 지나가는 시민들
나는 어느 누구도 빼앗을 수 없는
그들의 끝없는 자유를 믿고 또 믿는다.

봄 밤

밤이 깊을수록 잠을 이루지 못한다.
서울 이곳저곳을 순례하는 양
돌아다녀도 어떻게 살아갈 것인가
난 자꾸 부끄러워졌다.
수유리를 다녀오는 날 저녁
형은 끝내 아무 말이 없었다
무거운 침묵이 소주를 켜는
우리들의 목젖을 울리고 뒷산 너머
길게 메아리가 들렸다
그 사월에 아들을 잃은 주모는
해마다 사월이면 찾아와 가늘게 떨고 가는
수많은 아들들을 본단다
죽어서도 사는 넋이라고 우리 모두
목 메이게 기리고 가지만
울음 대신 힘없이 목로를 훔쳐내는
아주머니의 손은 떨리고
하늘에선 숙연히 비안개가 뿌렸다
밤 깊어 백목련 시푸른 사월의 산비탈
지나간 무엇이 그리워 형은
자꾸만 금지된 옛노래를 부르고, 난
돌아누워 오래오래 빈손을 쥐었다.

망우리에서

난 지금 한 줌 흙이 될 수가 없네
노을 저 편 울음 없이 스러지는 구름
산다는 것이 끝없는 모래라
갈 길이 아직 멀어도
난 한 잎 환한 연꽃일 수가 없네
나도 모르게 든 잠이
너무 깊어서 이 세상은 아득하고
십리길 걸어 떨리는 발자국
몇 십 년 강을 건너지 못한
내 눈은 짧고 내 귀는 멀어서
떠도는 새 그것일 수도 없네
땅끝 어느 곳에도 바로 설 수가 없네
무릎 꿇고 가까스로 일어나도
이 세상 기스락 적시는 눈물이 설고
눈부신 불볕 애타는 목마름에
한 잔 술 따라 부을 수가 없네
수없이 일어서는 풀잎을
잠재우는 조그만 바람일 수도 없네
아이들이 부르는 티없이 맑은 노래
난 그것의 한 조각 구름일 수도 없네

남행

돌아가리라
맨손으로 깨어나라며 다가서는 아침
막소주 몇 잔에 서로 부둥켜 울던
가난한 삽질 손바닥의 뜨거움으로
떳떳하게 사는 날보다
늘 절룩거리며 살아온 타곳 십 년
이제 나 아무 말없이 돌아가리라

변두릿길 패랭이꽃으로 떠돌다
밤이면 지쳐 쓰러지는 우리는 영세민
오늘도 응암동 시장 입구에 나와
해숫병 앓아 누운 어미 대신
일기를 쓰는 고운 손으로 호떡을 굽는 누이여
이제 나 농투성이로 다시 돌아가리라

누구 하나 건져 줄 수 없는
슬픈 사람만 오히려 슬퍼지는 세상
잃어버린 것이 무엇인지도 모르면서
움켜쥘 돌멩이 하나 없는 나는
이제 더 포기할 가슴도 없구나
망설일 아무런 탐욕도 없구나
얼마 만에 이웃을 위해 웃어보는 웃음인가

매립지 휑한 벌판에 서면
한 묶음 볏단처럼

가슴 깊은 곳에 와 닿는 이웃
어둠보다 더 깊은 이마의 주름
남루만이 남아 있어도
아무도 탓하지 않으리라

사람들은 버리고 떠났으나
끝끝내 벼포기 세우는 내 고향 논빼미
한 줌 흙에 볼 부비며
맨발로 돌아가리라
타는 노을, 깊은 울음 숨기면서
버린 몸을 버리고 돌아가는 남행길.

사랑노래

모든 소리가 다 죽어서
어둠 속 한 줄기 빛이 되는 것처럼
내 머리 속에 떠도는 모든 말들을 죄다 버려서,
한 자락 폭포물로 그대 깊숙이
흐르고 싶을 뿐

밤바다 쏟아지는 별이 되어
그대 가슴 곁에 있고 싶을 뿐.

사육신

지금은 꽃으로 피어 있어라.
흙바람 몰아치는 노량진 언덕
강건너 잠든 도시 깨우치며 피어난
백목련 새하얀 꽃잎이어라.
청령포 깊은 계곡 갇혀 있는 어린님
땅 위에 두 임금 섬길 수 없어
오뉴월 모래톱에 뿌린 붉은 피,
선연한 핏자국 흘러
지금은 새벽강 검푸른 강물이어라.
단근질 쇠인두질 당하면서도
나라 위한 곧은 마음 굽힐 수 없어
희광이 그대 짓밟아 갈가리 몸 찢기어도
스스로 뛰어든 죽음을 넘어선 죽음,
오늘은 만사람 가슴에 남아
먹장구름 쳐내는 번개 칼날이어라.
여우바람 이는 황사 속 가위 위에
타는 흙무덤 목마른 고갯길 구비마다에
사월의 꽃으로 피어 있어라.

이가俚歌

끝이 보이지 않는 하늘
아무것도 안 보이고 아무것도 안 들려요.
자꾸만 넘어지려고 하는데
살 밖으로 바람만 스쳐가요.

하늘조차 볼 수 없는 적소謫所
갇혀 있는 모래 닫힌 문門
(일만흥청一萬興淸을 어디에 두고
해 저문 날에 누굴 찾아 갈고*)
어둠만 재를 넘어오는 골짜기
촛불도 꺼져가요.

천리 밖에서 피흘리며 날아오는
부리가 허연 새떼,
쫓겨간 피들이 몰려와
돌팔매질을 하는데도
아무도 춤추지 않아요.
끝이 보이지 않는 힘
안쓰럽게 무너지는 밑모를 그리움

* 연산군이 강화도 교동으로 유배되어 가는 길목에 백성들이 나와 구경하며 통쾌해 했다는데, 그 당시 유행했던 이가俚歌의 한 구절.

울타리 떨어지는 떼찔레꽃이
눈부셔 난 눈을 감아버려요.
갯물 위에 내 몸을 띄워 보내고
뼈만 남아 버릴 수 없는 꿈을 버려도
인제 더는 겁나지 않아요.

들

새벽 찬 비 속에서
침묵을 전하러 마을로 가는 바람
흔들리면서,
만물과 더불어 흔들리면서
숙연히 잠들어 있는 들.
겨울인가, 그대가 버린 꿈 사이로
누워 있는 그대
오늘도 눈 대신 비가 내리려는가
미명의 빈 벌판으로
매서운 새떼가 흘러서 가고,
밤새 뜬눈으로 몸을 부대끼던
풀잎들이 두런거리는 소리
누군가 갈대숲 헤치는 소리
새벽 찬 비에 가득하는구나.

이영진

마취사

과열된 전등불 밑에선 도살장, 그 그림의 피가 흐른다.
흰 가아제, 핀셋, 가위, 메스……
두 눈 감김, 두 귀 막힘, 입 막힘,
우리는 모두 수술대 위에서 아픔을 도둑질 당하고 있다.
아 신기로워라, 요술처럼 깜쪽같은 그대들의 폭력이여
주사기 바늘과 1,000cc 링겔병과 알 수 없는 약물들의 세포 진입
반도의 하반신 불수에 대한 성숙된 처방.
마취사여
그러나 우리는 무의식의 꿈 속에서라도 그림을 그린다.
베트남의 밀림이나 쑹바강에서 돌아오던 흰 유골들을,
잘려나간 등뼈 조각을.
너희들이 엑스레이 촬영 필름에 드러난 우리의 골격을
그린다.
비록 수술중! 외인 출입금지라 하더라도
우린 그릴 수 있다.

박토薄土를 다지며

나의 무성의無誠意를 용서할까

나는 이미 내가 아닌 곳까지 와 있는데

이렇게 하면

난 나의 책임에서 나를 보호할 수 있는 것일까

옳은 것도

밝고 명쾌한 것도 감동적인 것들도 많고 많겠지만

난 늘 자연스럽지도 못하고 어색하다, 의심스럽다.

세상의 잘 돌아가는 톱니바퀴와 싸움 앞에서

언제나 고지식하고 신중하고 진지한 나의 이야기는

어색한 것이 되어버리고

난 언제부터 이러한 나를 확신처럼 믿고 살게 되었을까

아니 또 다른 남부끄러움으로 이것들을

몰래 버리기를 원했을까

무수히 많은 말을 지껄이는 나의 입술은

어떤 행위의 그림자였을까

아무도 그것이 말이 아닌 슬픔인 것을

내 심장에 대한 다짐인 것을

그 지독한 결심인 것을

흘릴 수 없는 눈물인 것을 모른다

내 몸 안의 모든 쓰레기인 줄을 모른다.

내 말은 나의 쓰레기

나의 친구들아, 나의 쓰레기차들아

그렇게 쓰레기를 버리면 빈 쓰레기통처럼 좀 허전하고

쓸쓸해져서 어쩔 줄을 몰라하고

다시 돌아서서 말로는 어떻게 해볼 도리가 없는

내 혈육과 혈육에 가까운 친구들에게

난 다시 어색하게 중얼거리려 한다.

척박한 땅을 파헤치려는 첫 삽의 망설임처럼.

토吐해내기

솔직히 현대적現代的이라고 불리는
건물의 내부內部를 들어설 수 없다.
수 없이 '자동유리문'을 드나드는 그림자들아
열려라 참깨, 번지르르한 아라비아의 신화神話 뒤에서
항상 쑥스럽고 신비롭게만 열리는 동방의 문門들아

건물 안으로 들어서는 것은 우리가 아니다
발자국 소리마저 미끄러지고 마는
그대들의 건물 안에는 언제나 굳어버린 그림자들이 오가고

항상 무위無爲로만 끝나는 자유自由에 관한 허튼 공식을

오늘은 다 피우고 난 담배꽁초처럼 해치우자

변소 속의 타이루 벽면에 비치는 얼굴을 들여다보며
모닝 커피를 마시며 일어서는
인텔리식 아침을 오늘은 청산해야 한다.

먼지 하나 없는 건물의 복도 위에 찌그러진 꽁초 하나를
남 몰래 버리고 돌아서는 나는
아직 나의 막대한 적이다.

풀벌레

어디선가
풀벌레가 날아와 울어 쌌는다.

나는 멀리서도 어머니가 혼자 우는 소리를 듣는다.

한세상
멀고도 가까운 감방 안에 앉아서도 듣는다.

어둔 밤
자유自由는 창살 밖 달빛 내리는
들녘에 있는 게 아니라
오직 내 몸 안, 내 가슴 속에 있는 것

깨끗하게 비어 있는 귀로
나는 멀리서도 어머니의 성경책 읽는
소리를 들을 수 있다.

"내가 너를 심는 것은 온전한 참 씨
심는 아름다운 포도나무어늘……"

야전병원 어둠 한 귀퉁이에 앉아 있는

내 빈 가슴 속에 어머니의 울음소리가 자리 잡히면
아마 이때쯤에야
어머니, 당신의 그리운 눈가에도
소리 없이 은빛 강이 흐를 것이다.

6·25와 참외씨

알다시피 태어난 지 스물다섯하고 일 개월째
순수국산 토종인 나에겐
전쟁이 없다.
언제나 이맘때쯤이면 그러하듯이
올해는 유난히 전우야 시체가
잘도 잘도 넘고 넘는다만
지금도 광주 넘어 고개 넘어 민방공사이렌 소리 넘어
잘도 잘도 전진한다만
레코드여, 빗나간 축음기 바늘이여, 나에겐
죽음이 없다
(백마고지, 태극기, 육탄돌격, 빨치산,
인천상륙 작전, 1·4 후퇴……)
그럴 듯이 그럴 듯이 상상력을 자극한다만
빈 껍데기, 목을 찢는 멸공 웅변대회가 귓가마다 쟁쟁하다만
나에겐 죽창竹槍이 없다.
오늘도 참외는 노랗게 익어 내 혀를 달콤하게 녹여줄 뿐
태극기 밑에서 1,000cc 생맥주만 시원한
오줌 줄기를 만들고 있을 뿐
왠지 여느날의 공휴일과 같이 허망한 시간이 비어 있을 뿐
T·V여 라디오여 사이렌이여 국립묘지 혼령들이여
그대들과 합작한 사기꾼 모리배여 6·25의 쓰리꾼이여
오늘 내 귓가의 모든 소리여

나에게 강요하지 말라
죽음이란 그렇게 간단히 상표가 되는 것이 아니다.
따는 놈도 잃는 놈도 다 망하고 마는 노름판
그 노름판의 따라지 망통으로 날 유혹하지 말라.
난 의무 교육 시절부터 깡통 필통의 연필심에 침을 발라가며
……전방에 계신 국군장병 아저씨께……
숱하게 숱하게 위문 편지 방학 숙제를 하다가
어느덧 그 먼 나라와 같이 멀기만 한 전방에서
끊임없이 날아드는 위문편지를 받아 보기도 한
모범 사병 출신인 나에게
30년에 가깝도록 그 죽음과 그 전쟁을 배워보려고 노력한 나에게
더 이상 강요하지 말라
내 뼈를 빌고 살을 빌고 칠성님전 혼을 빈
삼신할메 토방마루여
살구 꽃 환히 밟던 동네어귀, 어릴 적 아기자기 고운 꿈이여
어린 당숙과 삼촌을 때려잡은 한 서린 땅이라면
그대들의 심장에서 일어난 예리한 죽창竹槍이었다면
나에게 그대 슬픔과 분노를 강요하지 말라
나는 죽은 내 애비가 슬프지 않다
나는 죽은 내 피의 할애비가 억울할 뿐
오직 한 가닥 깊은 슬픔이 있다면

이 슬픔도 기쁨도 없이 잘도 목구멍을 넘어가는
참외씨가 있을 뿐
그 참혹함이 있을 뿐
슬픔 없이 자라난 슬픈 심장이 여기 있을 뿐이다.

풀뽑기

풀을 뽑아요
마른 풀뿌리를 마저 뽑아요.
반성하지 않는 비겁함을 뽑듯이
내일은 풀을 뽑아요
다시 태어나는 적敵들을 맞이하기 위하여
묵은 적敵을 뽑아요
시퍼렇게 날선 우리의 꿈이 겨울 끝을 파헤쳐요
내일은 풀을 뽑아요
죄의 머리칼을 뽑듯이.

모기

앵앵거리며
모질게 피를 빠는 모기떼여
이 나라의 무더운 여름밤, 긴긴 습기의 땅에서
내가 너희에게 베푸는 사랑은
에프·킬라.

그로테스크한 시詩

나는 당신들이 이불처럼 차 내던진
간밤의 꿈으로 가요
나의 내일來日, 나의 지붕, 꿈으로 가요
식은 커피처럼 열기熱氣 없는 그대들의 꿈을 버려요
생기生氣 있는 건 무등화원 속의 꽃이 아니라
우리의 말 없는 꿈이어요
난 비록 당신들이 꼭꼭 씹어
단물만 쪽 빼먹어버린 한 마음 껌이지만
때론 어린 국민학생 괴한이지만
난 꿈으로 쨍쨍 빛나는 나의 꿈으로 가요
당신들이 내어던진 고기 통조림
그 날카로운 양철 아가리로 가요
살들이 좀 찢기면 어때요
피가 좀 나면
아, 이 죽음보다 명쾌한 투신, 얼마나 상쾌한데요.
당신들은 죽어버린 내 얼굴에 푸르죽죽 페인트칠까지
해주시는군요
얼룩달룩 귀두사자鬼頭使者
장갑차를 탄 밤도깨비 당신품에 안길까요
아, 모가지가 없어져서 미인美人이라구요, 맘 편하겠네요?
이제 세상은 몽땅 당신 것인가요?
얼굴이 없어졌으니 생모生母인들 날 알겠어요?

눈도 없고 귀도 없고 앙당물은 이빨마저도 몽땅 없어졌어요
당신들의 기막힌 이 사랑법法을 어찌 할까요.
누군가 내 모습을 사진 찍네요.
쫓아버려요.
현해탄 건너 태평양 건너 멀리 멀리 쫓아버려요
그러고 보니 이 땅은 당신과 나 사이의 비밀이군요
아무도 알아서는 안되는 비밀이 되었군요
히히힛. 세상에 온통 소문같은 바람이 불어와요
그대들의 붉은 혓토막같이 뜨거운 총탄이
내 목구멍을 뚫고 가네요
그 구멍으로 쉭쉭 바람이 잘도 새나가네요.
아! 피 묻은 주정을 구경만 하시는 사내들이여
당신들은 겁에 질린 얼굴로 박수까지 치시는군요.
그러나 난 비명같은 건 지르지 않을 테니 염려마세요
난 그저 시원해요, 차라리 아주 시원하다구요.
당신들이라면, 지랄병같이 날 사랑하는 당신들이라면
골 백 번 이렇게 죽어드리겠어요
그러나 당신의 사랑이 아무리 지극하고 또 지극해도
제 아무리 이불처럼 어지럽게 차내던져도
껌 조각처럼 씹어 뱉어도
나는 이제 간밤의 꿈으로 가요
나의 내일來日 나의 지붕 피 베인 꿈으로 가요.

박주관 ○

생식
채찍
마적
내광한 친구에게
외지에서
엎드려 잠자기
식은땀
저문 남자
주사
비가

생식

회를 좋아하던 그 사람은
신발공장 파업이후 소식이 없다.

목로에 앉아서
푸른 하늘을 우러르던
눈만 살아 있던
고무신 허름한 가난한 친구는
추석이 가까워도 소식이 없다.

부뚜가 못된 놈들 속에
부인은 아들의 등을 만지며
누렁 참외를 팔지만
무엇 하나 잘될 게 없다.

신 포도라도 팔아야
이 세상이 시게 뵈질 않을 텐데

연판장을 돌리던
그 사람은 어디로 간 것일까
회를 즐겨 먹던
익힌 것은 지극히 혐오하는 친구는
날것으로 어디에서 먹힌 것일까.

채찍

황마黃麻로 만든 옷을 걸치고 아프리카를 횡단하던
당신 나라 곁의 간디를 아는가
라발핀디의 봄볕 속에 아무것도 쬐일 수 없어
한 사내의 목을 조를 때
서산의 해는 어김 없이 오늘도 진다.
당신들의 계곡에 피는 꽃들도 숨죽여
한 사내의 종말을 지켜보며
언제까지나 칙칙한 칙서 아래서 피어난다.
남의 손을 친 자 채찍으로 묶이고
남의 머리를 떨어뜨린 자 공중에 매달리고
흙바람 속에 이는 자유민들의 기아와
바다 가까이에서 일어서는 함성 속에
메마르고 눈만 덩그라니 살아 있는
당신 나라 곁의 간디를 잊지 말아다오
채찍은 말에게도 필요 없는 시대가 오고 있다.

마적

삭발을 하고
닫혀진 교정 앞에서 너를 보았을 때
희디흰 얼굴에 울음을 감추며
나를 마적이라고 부르고 있었어.

산적이라는 말보다는 운치 있어 좋았어
말타고 다니던 사람도 아니고
총 한 번 쏘아보지도 못한 나를
사탕발림으로 녹이지 마렴.

말 몇 마디로
너와 나의 사랑이 시작했다면
말로서는 안 되지
빛나는 확인을 위하여
몇 평의 방이 필요하고
누군가는 깔리고 정복당해야 했어

이기고 지는 것이 없다면
밤마다 우리들은 욕망의 이빨을 갈며
편한 잠도 자지 못함을 느꼈어야 했어
사람 하나가 누울
몇 평의 땅만 있다면

어디에서든 마적이라도 되고 싶었어

어디에서건 뛰쳐나가야 했었어.

내광한 친구에게

겨울 햇살이
나를 잠들게 하지 못하는
어느날 저녁에
너는 느닷없이 내려와
피곤한 우리를 수렁 속에 빠뜨린다.

서울에서 쓰러진
몸짓은 보나마나
남의 나라 책이나 베껴서
거리에다 내다 파는 출판으로 몸 바뀐
너희들의 함성도 이제는 힘이 없다.
헤헤거리던
이 도시의 안경쓴 사내들 속에
나도 이제는 안경을 쓸까
무등산 닭죽 속에
빠져디질 너희들아
이런 시나 한 편 싣자고
청탁건으로 빌빌대는 것이 아니다.
너희들도 나도
이 얼마나 똑같은 이야기인가.

외지에서

네가 보고 싶었던 산은
어제의 햇살을 따라와
차가운 방
치운 벽에 들어와 앉아 있다.
몇 페이지쯤 읽다가
접어둔 너의 시선은
언제나 한 곳으로만 몰려 있음을
외지에 있는 우리는 믿고 있다.
하늘 아래 살면서도
노래 하나
목놓아 부르지 못하는
너나 나나 비겁하고 비적대지만
거리에 노래는 흐르고.

엎드려 잠자기

바라보면서 자는 것은 힘들어
부끄러운 얼굴을 들 수 없어
엎드려 잠자기
매 맞을 때도 엎어 놓고 때리기
세워 놓고 맞는 것은
더욱 더 힘들어

누군가 그대들이여
드리워진 어둠도 엎드려서 온다.
어머니가 끓여주신
고기 몇 점도
숙취를 풀려는
나의 가난한 마음 앞에
당당히 서지 못하고
죽은 것으로 엎드려 온다.
빈 방,
너를 밀어내려는 보이지 않는
눈들 앞에서도
무릎 꿇고 죽느니
차라리 서서 매 맞고
바라보면서 자는 것은 힘들다 해도
얼굴 들어 잠자기

식은땀

빈 산에 너희들이 남기고 간
빈 말들만이 풀풀 날리고 있다.
그날 우리들은 식은땀을 흘리며
머리를 맞대고
주먹을 부릅 쥐고 이야기했었지.
죽은 자들만이 알아들었을 얘기들을
그자들도 이제는 잊었겠지
서로가 바쁘다 보면 못 만날 일
마음이야 그 마음으로 살아가면 누가 탓할까
너희들이 흘린 식은땀은
정말 땀이었을까
빈 산에 묻혀갈 우리들만이 알 일이다.

저문 남자

허허 하고 웃으면서
악수를 슬금슬금 청하면서
징그러운 손금을 보이면서
물 밑의 슬픔을 깔아뭉개면서
설치는 것이 유일한 낙樂이라면서
솔직을 인정해 달라고 외치면서
아, 하, 어, 허, 우습다고 코웃음 치면서
나는 바람의 조짐도 바라면서
사살하라, 사살하라.
힘있게 방점傍點을 찍으면서
압살하라, 압살하라. 후미後尾에서 외치면서
안경집으로, 안경집으로, 음모를 감추면서

주사

침이 무서워
주사를 맞지 못하는 친구여
그 옛날
이 땅의 사람들이
주재소 순경 복장만 봐도
가슴이 뛰었다는 얘기가
오늘밤 너로 해서
다시 한번 맑은 액으로 떠오른다.
물 먹은 친구들이
휑한 얼굴로 이따금 나타나고
머리 빠진 자들이
침 자국을 자랑하는
어리석음 속에 우리는 커왔다.
소년 시절
맨 처음의 아픔도 거부한 너는
모든 것들을 비웃으면서 살아왔다
거대한 것은 적게
적은 것은 크게
보이지 않는 물질을 키우던
침이 무서워
주사를 맞지 못하는 친구여
왜소한 너야말로

주사 바늘의 날카로운 칼있음을
아는 사람은 안다.

비가

어둠이여 스스로 무너져 내려라
바람은 흔들리면서 인사를 한다.
사랑하는 사람들 헤어져 날아가리라
아무도 관계하지 않는 나라로

서글픈 갈대의 눈들이 흐느끼고
나의 서러움이 스스로 죽는다
살아 있는 것들은 스스로 죽어라
아무것도 존재하지 않는 나라에서.

곽재구

세한도
들쑥에게 2
들쑥에게 3
소고기국
겨울기행
북광주역
구두 한 켤레의 시
어머니
칡꽃

세한도

조합신문에 내 시가 실린 날
작업반 친구들과 소주를 마셨다
오래 살고 볼 일이라며 친구들은
매듭 굵은 선으로 석쇠 위의
고깃점들을 그슬려 주었지만
수돗물도 숨차 못 오르는 고지대의 전세방을
칠 년씩이나 명아주풀 몇 포기와 함께 흔들려온
풀내 나는 아내의 이야기를 나는 또 쓰고 싶다.

방 안까지 고드름이 쩌렁대는 경신년 혹한
가게의 덧문에도 북풍에도 송이눈이 쌓이는데
고향에서 부쳐온 칡뿌리를 옹기다로에 끓이며
아내는 또 이 겨울의 남은 슬픔을
뜨개질하고 있을 것이다.
은색으로 죽어 있는 서울의 모든 슬픔들을 위하여
예식조차 못 올린 반도의 많은 그리움을 위하여
밤늦게 등을 켜고
한 마리의 들사슴이나
고사리의 새순이라도 새길 것이다.

들쑥에게 2

아이들아 겨우내 잃은 빛 되찾고
겨우내 움츠려 접은 날개 펼치고
바람 위에 파랗게 뜨는 저 들꽃 보아라
이슬 적신 얼굴 흙냄새로 일어서는
오천 년 찬란한 아침 풀밭 보아라
보아라, 보아라.
큰 칼 작은 칼 쟁강쟁강 부딪히며
이슬 속을 걸어오는 대장쟁이
네 할배 이마 위 기쁜 햇살 보아라
그러나 아이들아
지금 너희들이 꿈을 꾸는 교실
너희들의 시 너희들의 사랑
너희들의 어떠한 그리움 속에서도
내 어릴 적 들쑥 맛은 없구나
두려움도 쓰라림도 없구나.

들쑥에게 3

아이들아 햇볕 아래 서면
대궁 꺾인 풀꽃처럼 툭툭 쓰러지고
꼭꼭 숨은 너희들의 근시로
이 들판 그리움의 풀꽃 한 잎
헤아릴 수 없구나
아이들아 지금 너희들이 꾸는 꿈들은
경쾌하고 날렵한 지름길을 지녔지만
아이들아 지금 너희들이 교실에서 보는 하늘은
푸른 크레용의 하늘에 흰 쌀밥 고기구름 흘러가지만
아이들아 지금 너희들이 걷는 거리엔
꼬부라진 가르뎅 스카이라운지 기름지지만
아이들아 아이들아
이젠 너희들에게도 내 어릴 적
봄 들판의 들쑥 맛을 보여주마
허기지고 쓰라린 망국한도 들려주마
아이들아 우리들이 보았던 봄 하늘은
언제나 노오란 어지러움만 흘렀지만
우리들이 걷던 서낭당길엔
가죽 벗긴 소나무만 허옇게 쌓였지만
아이들아 우리들이 꾸는 꿈들은
번쩍이는 햇살과 튼튼한 칼을 지녔단다.
그날 그 들쑥 담긴 밥그릇에

흰 옷고름 흙 묻은 얼굴로
환하게 숨을 쉬는 누군가의 얼굴을 보았단다.

소고기국

생일 아침상에 소고기국이 오른다
물켜진 누군가의 살점 새로
남해 어느 갯벌을 떠나 온 굴 몇 점
수평 위에 둥 떠 있고
미역가닥 새 드리워진
삶의 비린내도 둥둥 떠 있다
한 술, 가슴 적시는
단죄의 오늘의 서정을 위해
조금씩 어깨를 수그리며 복통을 앓는다
저만치 물기 잃은 우리들의 생일상에
쭈끄러진 고사리와 콩나물이 얼룩지고
드리워진 미역가닥 윽박지르며
고깃점들이 국물 위에 떠오른다
생일 아침
우직하게 끌려간 자의 울음 하나
살아 있는 자의 부끄러운
꽃잎 하나를 데불고
심연 깊숙이 떠돌고 있다.

겨울기행

춥고 서먹한 겨울이었다.
정미소 추녀 끝에 햇살을 쪼아대던
참새떼도 보기 힘들게 되었다
나무들의 언 손이 들녘의 한기를 부비는 식전
사격장을 향하는 우리들의 머리 위로
죽은 새들의 울음만 송이송이 흩어졌다
겨울 문틈으로 고드름만 간간이 떨어질 뿐
온수 한 잔 어디서 마실 틈이 없었다
고향에서는 편지가 끊긴 지 오래였다
쇠죽 끓이는 가마 곁에서
산유화가 제일 좋다던 조카
공민학교 이 학년에 편입한 그 녀석은
헌 시집처럼 눈물이 잦곤 했다
끝까지 시 공부를 할래 물으면
늘 부끄럽고 겸연쩍어하던 녀석
그 녀석도 이젠 다 커
읍네 박씨네 자전차포 점원이 되었다
춥고 서먹한 겨울이었다
사격장을 향하는 우리들의 머리 위로
죽은 새들의 울음만 송이송이 흩어졌다.

북광주역

이 숨가쁜 연대의 지평 위에
한 뙈기 텃밭을 일구고
하역 인부들이 씨앗을 뿌린다
풋복숭아나 개살구의 씨뿐 아니라
슬픔이나 그리움의 어쩔 수 없는
애증의 황토빛 씨앗을 뿌린다
귀향하는 하행열차의 차창마다
그리움의 흰 풀꽃들은 피어나고
풀꽃들의 꿈의 수송과는 관계 없는
군용열차가 철교 위에 서서 운다
문학평론 몇 구절을 훔쳐 읽고
문둥이처럼 우려먹은 몇 구절의
정치경제사를 암기하고
이 마을을 방문하려거든 열차여

그대 만경 너른 평야나
그 위 한밭 번듯한 들판에서
일찍 돌아가는 길을 찾게
개떡 같은 얼굴로 난처한 표정 짓지 마라
마음 약한 이웃들끼리
팥죽을 쑤어 동천을 우러러 보아도
우리 골목에 이는 바람은 간지럽지 않지

레코드 한 장 못 빼고 죽은 여가수의 울음이
감나무 끝마다 바람을 일으켜도
한 번도 땅을 쳐 본 일이 없는
눈만 휑한 들소들이 껌벅이며 사는 곳
연대의 끝없는 숨결이
가쁘게 몰아치는 이 어스름의 마을에
그대 사온과 함께 돌아올 수 있다면
한지에 쌓인 한 줌의 흰 뼈로 일어서라
끝없는 슬픔의 뼈
죽지 않는 강철의 꽃씨로 흩날려라.

구두 한 켤레의 시

다례를 지내고 돌아온
구두 밑바닥에
고향의 저문 강물 소리가 묻어 있다
겨울 보리 파랗게 꽂힌 강둑에서
살얼음만 몇 발자국 밟고 왔는데
쑥골 상여집 흰 눈 속을 넘을 때도
골목 앞 보세점 흐린 불빛 아래서도
찰랑찰랑 강물소리가 들린다
내 귀는 얼어
한 소절도 듣지 못한 강물 소리를
구두 혼자 어떻게 듣고 왔을까
구두는 지금 황혼
뒤축의 꿈이 몇 번 수습되고
지난 가을 터진 가슴의 어둠 새로
누군가의 살아 있는 오늘의 부끄러운 촉수가
싸리 유채 꽃잎처럼 꿈틀댄다
고향 텃밭의 허름한 꽃과 어둠과
구두는 초면 나는 구면
건성으로 겨울을 보내고 돌아온 내게
고향은 꽃잎 하나 바람 한 점 꾸려주지 않고
영하 속을 흔들리며 떠나는 내 낡은 구두가
저문 고향의 강물 소리를 들려준다

출렁출렁 아니 덜그럭덜그럭.

어머니

풋콩 두 되
고사리 한 이엉
토란 몇 됫박을 내다 팔아도
자식놈 월사금은 거리가 멀어
저문 갈퀴날 비수되어
창포 물 먹인 봄햇살을
싹뚝 자르셨네
잘난 자식 둔 죄로
약 한 첩 못 끓이고
서천 거지별로 떠돌더니
잘난 자식놈은
장안 제일 허름한 골목의
어둠에도 당황하는
팔푼 쇠비름풀이나 되었네.

칡꽃

지리산 아래 토지면에서는
지금쯤 칡꽃이 미치게 피어나고 있지
배꼽에 땟물 습한 산그늘 내린 채로
우리들은 칡 한 뿌리를 물고
학교에서 집으로 가는 길을
맨발로 달렸지
생각나거든
보리밥알 같은 초가집들이 황토 위에 묻어 있고
호박마름 꼬챙이가 흙벽 위에 붙어 있고
동구에 들어서면 보리떡 들쑥 냄새가
고픈 배를 적셔 놓았지
참숯 같은 얼굴로 동네를 떠난 누님들은 알까
써래질 헛간 깊숙이 팽개친 형님들은 알까

칡물이 검게 오른 입술로
단물 빠진 수숫대를 꼭꼭 씹으며
우리들이 울컥 삼키던 어지러움
칡꽃이 하늘 끝까지 피었는데
달리고 달려 꿈속까지 환하게 피었는데
언제 올지도 모르는 일가 형님들을 기다리며
버스가 들어오는 장터까지
우리들은 달리기 시작했지

횟배 앓은 가슴께로 칡꽃들은 날아들고
헛구역질 가쁜 숨으로 수수밭에 쓰러지곤 했지

미칠 듯 기다리는 우리들마저
칡꽃 눈물나는 산그늘을 배반하고
지금은 십장녀석이 주장하는
작업량을 어림으로 계산하며
공사장 십이 층 난간에서
쓴 담배를 피운다
입술에 칡물이 베어들도록
꺼멓게 꺼멓게 속을 태운다.

'5월시' 동인 연보

5·18 광주항쟁이 미완의 혁명으로 저문 후 1980년 가을부터 박주관, 이영진의 발의로 광주 지역 젊은 시인들이 모여서 시대 상황을 논하고 시 쓰는 자로서의 책무 등을 고민하게 되었다. 고교시절부터 시적 고민을 함께 하던 '용광' 동인 출신 나종영, 나해철, 박주관 등이 있었고, 이 동인이 뒷날 '울림문학 동인회'로 개편되면서 시모임을 함께 꾸려간 곽재구, 이영진 등이 자주 어울리게 되었다. 여기에 이영진과 같은 『한국문학』 출신인 김진경이 광주 노동 현장 등에 관심을 갖고 광주를 자주 방문하면서 자연스럽게 논의에 함께 참여하였다. 박몽구는 당시 전남대 복학생협의회장 신분으로 5월 18일 당일 전남대 후배들을 데리고 금남로로 진출하여 시위를 벌이고, 해방구 기간 중 시민궐기대회를 주도하는 등 혐의로 내란죄로 수배 중이었다. 그가 전남 화순에 은거 중 이영진이 찾아와 사정을 귀띔해 주었지만 성사 여부는 미지수였다. 보도가 통제된 상황하에서 5·18의 진실을 알리는 등 시 쓰는 자의 책무를 다해야 한다는 소명 의식은 있었지만, 어느 출판사에서고 선뜻 '5월'을 표방하거나 당시 시대상을 다룬 동인지를 내줄 리 만무하였기 때문이다.

하지만 광주에서 시정신의 뼈대를 형성하고 상상력의 날개를 펼쳐온 젊은 시인들로서는 양심에 따라 무엇이든 해야 한다는 생각으로 어려운 가운데 모여 고민을 거듭하였다. 더욱이 신문·방송 등 언론이 진실을 외면하는 등, 5·18을 제대로 알리는 일이 봉쇄되어 있는 상황 하에서, 시가 그 책무를 해야 한다는 생각이 젊은 시인들을 움직였다.

동인의 결성은 광주에서는 박주관과 이영진이, 서울에서는 김진경이 주도하였다. 당시에는 모이는 것도 힘든 시절이었는데 이영진이 동분서주하여 모임을 주선하였다. 어려운 여건임에도 이영진은 수배 중인 박몽구의 시를 몇 편 받아 '박상태'라는 필명으로 동인에 참여시켰다. 이로써 김진경, 박몽구, 나종영, 이영진, 박주관, 곽재구는 5월시 창립동인이 되었다. 『이 땅에 태어나서』라고 제한 동인시집 제1집은 1981년 7월에 선보였다. 시 총 52편이 실려 있는, 80면 정도의 비교적 작은 규모의 책이다. 어느 출판사에서도 책을 만들어 주지 않아 동인들이 주머니를 털어 제작한 이 시집은 정식 출판사가 아닌 '세기문화사'라는 인쇄소에서 찍었다. 정식 발표와 출판 루트가 아닌 게릴라식 문학 행위를 통해 이루어진 것이지만, 5·18 광주항쟁을 최초로 다룬 시들이라는 점에서 시단 내외의 관심을 모았다.

1982년 3월 『그 산 그 하늘이 그립거든』을 표제로 동인시집 제2집이 출간되었다. 제2집의 시들은 제1집보다 5·18 광주항쟁의 실체에 대한 좀 더 근원적 탐구를 보여 주고 있다. 그런데 대체로 그것은 역사 속에 묻혀 있던 여러 인위적 죽임과 관련되거나 겹쳐져 드러난다. 제2집에는 광주 출신으로 나해철, 최두석이 참여하고, 김진경의 소개로 서울에서 윤재철이 새로 동인으로 참여하였다. 이 무렵 새로 가정을 꾸린 동인들이 신혼여행을 광주 망월동 묘역으로 다녀와서 함께 고민하고 밤을 지새우는 등 서로 기대며 자기 생에 엄숙하면서 5·18의 진실을 시적으로 담고자 노력하였다.

동인들 모두 깊은 통찰 속에서 5월 광주가 민족 분단의 다양한 비극 중에서도 가장 첨예한 형태로 구체화된 비극임을 지각하게 되어, 외세에 의해 강제된 분단, 그로 인한 안보 논리 속에서 민중의 바른 삶이 왜곡되어 왔는가를 노래하였다.

이 무렵 젊은 문인들을 중심으로 새롭게 재건된 자유실천문인협의회 운동에 '5월시' 동인들 모두 적극적으로 참여하였다.

1983년 1월 『땅들아 하늘아 많은 사람아』라는 표제로 동인시집 제3집이 출간되었다. 나종영의 「땅끝에 서서」, 곽재구의 「그리운 남쪽」, 이영진의 「휴전선」, 윤재철의 「빈대에게」, 나해철의 「노점상을 위한 노래」, 최두석의 「고라니」, 박몽구의 「담 너머 하늘」, 김진경의 「무지개」와 같은 수작이 이 제3집에 실려 1980년대 시인으로서의 입지를 분명히 하였다. 동인들 사이에 산발적이고 개인적이던 그들의 세계 인식이 분명해지고, 이전까지 드문드문 보이던 모더니즘적 잔재를 청산하고 확실히 민중적 정서를 획득하였다. 동인들의 시가 주목을 받으면서, 5·18에 대한 인식을 시단 내외에 공적 차원으로 새롭게 위치시키는 계기를 마련했다.

가난하고 어두운 시대에 시인 혹은 동인의 나아갈 길을 모색하는 김진경의 평론 「제3문학론」이 수록되어 교육 현장, 노동현장 등 소외되어 있는 곳들을 집중적으로 조명하고 삶의 질 개선에 실천적으로 참여하는 문학론으로서 크게 주목을 받았다.

1983년 광주 아카데미 미술관에서 '5월시 시판화전'을 열었다. 문학과 타 장르와의 연계를 모색하는 한편, 5월의 진실을 널리 알리기 위한 방편이었다. 이를 바탕으로 바로 같은 해 9월 판화시집 『가슴마다 꽃으로 피어 있어라』를 한마당 출판사에서 출간하였다. 나종영 동인이 출간 작업을 주도하여, 당시 한마당에 근무 중이던 황지우 시인을 만나 기획과 편집 작업을 진행하였고 제목도 그의 발의로 정해졌다. 평소 교류하면서 엄혹한 시대 예술이 설 자리를 함께 고민하던 김경주, 조진호 등의 화가들이 판화로 참여하여 시와 판화의 만남이라는 새로운 영역을 선보였다. 이를 계기로 판화가 민중 미술의 한 장르로 자리 잡는 데 큰 역할을 하였다.

1984년 3월 『다시는 절망을 노래할 수 없다』를 표제로 한 동인시집 제4집이 출간되었다. 동인시집 제4집에서 우리시대에 적합한 문학양식으로서 장시에 대한 실험을 하고 있다. 그들은 단시가 갖는 평면적 서정성을 서사적 공간으로 심화·확대하기 위한 장시가 필요하다고 생각했다. 윤재철의 장시 「난민가」와 5·18 광주항쟁의 진실을 최초로 다룬 연작 장시 「십자가의 꿈」 제1부 등의 장시 작업이 그 일환이다. 윤재철은 단군 이래의 민중 반란사를 통시적으로 노래하고 있고, 박몽구는 5·18 광주항쟁 과정에서 벌어진 일들을 소재로 연작 서사시들을 통하여 표현의 자유 영역을 넓히는 한편, 시의 장르 확산에도 한 걸음 내딛는 시도를 선보였다.

최두석 동인은 창작 방법론 「시와 리얼리즘」을 실어 1980년대 한국 리얼리즘시, 이야기시의 논리 구현의 장을 열었다. 또한 민족 분단의 직접 책임자로서 미국에 대한 새로운 인식이 '5월시' 전 구성원의 주요 시적 모티프로 등장하게 된다. 특히 '코카콜라'로 상징되는 미국식 자본주의 침투에 대한 곽재구의 풍자시 등도 시단 내외의 주목을 받았다. 나해철은 「광주천 연작」을 통하여 최초로 '광주'라는 말을 직접 사용한 5·18 광주 항쟁을 주제로 한 작품을 선보였다. 광주 저변의 숨은 역사와 인간상을 조명하는 작업을 시도하여 5월시의 토대가 무엇인지를 분명히 하는 저력을 보여 주었다.

1985년 4월에 제5집이 『5월』이라는 표제 하에 출간되었다. 최두석의 3,300여 행에 달하는 장시 「임진강」과 박몽구의 5·18 기간 내내 활약한 평범한 사람들의 드라마를 담은 연작 장시 「십자가의 꿈」 제2부가 발표되었다. 「임진강」은 통일운동가이며 경제학자인 김낙중씨의 일대기를 그려서 실체적인 통일운동 주제에 한 걸음 더 내디뎠다.

새로운 동인으로 고광헌 동인이 참여하여 「신중산층 교실에서 3」, 「스포츠 공화국 일지 9 —김원기」 등의 교육 현장과 스포츠를 주제로 한 시들을 선보여 주목을 받았다. 그는 경희대 체육학과를 나와 일선 학교 교사로 몸담고 있던 경험 덕분에 남다른 영역의 시를 선보일 수 있었다. 그는 뒷날 김진경, 윤재철 동인과 함께 『민중교육』지 발간에도 참여하고 전교조 전신인 민교협에도 적극 참여하는 등 교육 민주화 운동에 큰 역할을 하였다.

또한 동인시집 제5집에는 '지역문화 특집'을 기획하여 김진경이 평론 「지역문화론」을 기고하고, 전남대 비나리패 후배들이 투고해 온 공동창작 시 「들불야학」을 실었다. 이와 함께 산문 「들불야학과 5월」도 실었다. 이를 계기로 윤정현이 중심이 된 전남대 공동창작 팀이 속속 공동창작 시를 발표하는 등 공동창작이 민중문학의 한 대안으로 부상하여 각 대학과 노동조

직 등의 단위에서 활발하게 공동창작 작업이 이루어졌다.

동인 김진경과 윤재철, 고광헌 등은 『민중교육』을 발간하여, 개인적인 투옥의 고통과 함께 교육 민주화 운동의 시발점을 마련하는 데 헌신했다. 1985년 5월 『민중교육-교육의 민주화를 위하여』가 출판되었다. 『민중교육』은 YMCA 중등교육자협회 회원 교사들과 문인교사들이 논문, 좌담, 사례, 시 형식을 통해 당시 교육의 문제점을 잘 드러내어 1985년 5월 20일자로 시판되자 교사들로부터 좋은 반응을 얻고 있었다. 그런데 서울시 교육위원회가 책 내용과 집필자들에 대한 조사를 실시하면서 좌경용공으로 몰려 김진경, 윤재철 동인이 국가보안법 위반 혐의로 체포 수감되었다. 다행히 고광헌은 구속을 면하여 이후 두 사람의 옥바라지를 하면서 민교협(민주화운동 교사협의회) 활동을 지속적으로 벌여 나갔다.

1986년 4월, 투옥된 두 동인의 뜻에 동참하는 뜻에서 박몽구가 기획하여 '시인사'에서 5월시 판화시집 『빼앗길 수 없는 노래』를 출간하였다. 판화 시집 출간을 계기로 자유실천문인협회 주최로 구속문인 석방 촉구 문학의 밤이 열렸다. 동인으로 최두석, 이영진, 윤재철, 박주관, 박몽구, 나해철, 나종영, 김진경, 곽재구, 고광헌 등의 시를 수록하였고, 판화가 홍선웅, 김경주, 김봉준, 박진화, 이철수, 홍성담, 정진석, 류연복, 지호상, 이준석 등이 참여하여 불굴의 예술 정신을 보여주었다. 판화시집에 참여한 화가 지호상은 가명으로 실제는 당시 시국사건으로 수배 중인 이상호, 전정호의 작품이었다.

동인시집 제6집 『그리움이 끝나면 다시 길 떠날 수 있을까』가 '5월시 신작시집'이라는 이니셜을 달고 1994년 9월에 발간되었다. 9년 만에 동인들이 다시 모여서 동인들이 최초에 품었던 감성과 소명 의식을 돌아보는 신작시들을 모아 실었다. '5월'을 상상력의 원천으로 하고 있는 가운데, 그 정신이 시단 내외에 널리 삼투되어 있는 것을 돌아보고, 당시의 시점에서 어떤 시를 지향해야 할 것인가 하는 고민이 담겨 있는 사화집이다. 기왕에 동인으로 참여하여 나아갈 바를 함께 모색하던 강형철 시인이 처음으로 「소격동에서」, 「아현시장」 등 10편의 신작시를 발표하여, 명실공히 작품 세계를 함께 고민하고 공유하는 동인이 되었다.

강형철 시인은 1985년 무크 『민중시』 제2집을 통해 시단에 나온 것이 인연이 되어 '5월시' 동인으로 참여하였다. 숭실대 국문과에서 후학들을 가르치는 한편, 문학평론가로 활동하면서 민족문학의 방향을 정립하는 데도 힘썼다. 그는 어려운 사정 속에서도 시를 쓰는 틈틈이 5월시 동인을 대표하여 자유실천문인협의회 간사로 사무국장 등을 거치며 민족문학 진영을 넉넉하게 하는 데 기여하였다. 1987년 6·29시민혁명으로 대통령 직선제로 바뀌면서, 자유실천문인협의회도 민족문학작회의, 한국작가회의로 시차를 두고 개편되었는데, 강형철 시인은 사무총장과 부회장을 역임하는 등 중추적인 역할을 하였다. 그는 2002년 현기영 선생이 민족문학작가회의 회장을 맡을 때 상임이사를 맡은 인연으로, 2003년부터 2005년간에는 문예진흥원 사무총장을 지내면서 문예진흥원이 민간 주도의 한국문화예술위원회로 탈바꿈하는 데 큰 역할을 하였다.

동인시집 제6집 서문에서 동인들은 "무협지의 결말처럼 하루아침에 민중시나 노동문학을 폐기한 쪽이나 아무 변화 없이 목청을 높이는 쪽 그 어디에서도 문학적 진정성을 발견하기 어렵다"면서 "이 같은 상황에서 미래의 전망을 향한 행동의 치열성에서부터 미학적 지향의 치열성까지 시의 폭과 깊이를 검증받고 싶었다"고 동인시집 재발간의 이유를 밝혔다.

이 동인시집 출간을 계기로 '5월시' 동인들은 각자의 영역에서 5월 정신을 심화하여 시작과 사회 운동에 전념하는 게 좋겠다는 판단 하에 25년의 침묵에 들어가게 된다.

동인들이 장고 끝에 무국적의 시들이 횡행하는 풍토를 반성적으로 바라보는 한편, 그동안 축적된 동인들의 역량을 재집결할 필요성을 절감하고 다시 동인시집을 내기로 결의하였다. 그에 따라 5·18 광주항쟁 40주년을 기념하여 『깨끗한 새벽』이라 제한 제7집 동인시집을 2020년 5월에 도서출판 그림씨에서 출간하였다.

김진경

1953년 충남 당진에서 태어났다. 휴전이 되기 3개월 전에 태어나 전쟁의 흔적 속에서 어린 시절을 보냈다. 첫 시집 『갈문리의 아이들』은 이러한 어린 시절의 풍경과 사람들은 계속 살아가기 위해서 이 참혹하고 낯선 상처들을 어떻게 친숙하게 녹여 낼까 하는 물음이 담겨 있다.

1974년 한국문학신인상으로 등단했다. 자족적인 시 쓰기를 수년간 하던 중 1980년 5월 광주항쟁이라는 피 흘리고 있는 상처를 만나 '5월시' 동인으로 활동하고, 이후엔 교육운동에 참여하게 되었다. 이후 본업이라고 생각하는 글쓰기와 교육운동 관련 활동 사이에서 갈등하며 지냈다. 그동안 교육에세이집 『스스로를 비둘기라고 믿는 까치에게』를 내기도 했고, 동화 『고양이 학교』로 프랑스 아동청소년 문학상 앵꼬륍띠블상을 받았다.

박몽구

1956년 전남 광주에서 태어났다. 전남대 영문과를 졸업하고, 한양대 대학원 국문과를 졸업했다. 1977년 월간 『대화』로 등단하여, 5·18 광주민중항쟁을 주제로 한 시집 『십자가의 꿈』을 비롯, 『칼국수 이어폰』, 『황학동 키드의 환생』 등의 시집을 상재했다. 한국크리스찬문학상 대상을 수상했다.

1978년 민주교육지표 사건 관련 1년여의 수배와 투옥 끝에 1980년 당시 시국 관련 학생 조직인 전남대 복학생협의회 회장을 지냈다.

5·18 당시 전남대생 200여 명과 함께 전남대 앞에서 계엄군과 대치 중 시민들과 합세하기 위해 금남로로 진출하여 전투경찰 및 계엄군과 맞서 싸웠다. 이것이 5·18의 발단이 된 것으로 평가받고 있다. 5·18 기간 중 범시민궐기대회를 주도한 혐의 등으로 내란죄로 수배 투옥된 바 있다. 5월구속부상자회 회원이다.

5·18 이후 서울로 상경하여 자유실천문인협의회 청년위원장 등을 지냈다. 월간 『샘터』 편집장을 역임하고, 현재 계간 『시와문화』 주간, 순천향대 객원교수로 있다.

나종영

1954년 전남 광주에서 태어났다. 교편을 잡은 아버지를 따라 함평, 장성, 강진 등으로 초등학교를 이곳저곳 옮겨 다녔다. 어린 시절 학교를 여러 곳 옮겨 다닌 탓에 여러 고을의 자연과 지리, 풍습을 체험했고, 이것이 후에

문학을 하는 데 좋은 자양분으로 작용했다. 수많은 시인, 소설가를 배출한 광주고등학교 문예반에서 활동했고, 부모님의 권유로 전남대 경제학과를 입학하고 졸업했다.

1981년 창작과비평사 13인 신작시집 『우리들의 그리움은』으로 등단했으며, 시집으로 『끝끝내 너는』, 『나는 상처를 사랑했네』 등이 있다.

1980년대 초 광주민중문화연구회와 도서출판 광주의 창립에 주도적으로 관여했고, 광주·전남작가회의, 순천작가회의의 출범을 이끌었다. 또한 2005년 9월 광주·전남 지역 최초의 종합문예지 『문학들』을 지역 문인들과 함께 창간하고 지금까지 통권 60호를 발행했다. 현재는 한국문화예술위원회 위원, 조태일시인기념사업회 부이사장으로 있다.

이영진

1956년 전남 장성에서 태어났다. 1976년 『한국문학』에 「법성포」 등으로 한국문학 신인상을 수상(1976)하며 등단했다.

1981년 동인 결성에 주도적 역할을 하여 '5월시' 동인시집을 발간했다. 도서출판 청사, 인동출판사 등을 거쳐 1986년 자유실천문인협의회 사무국장을 역임했고, 『전남매일신문』 사장, 광주아시아문화전당 기획단장 등으로 일했다. 이후 아프리카의 남아프리카공화국과 나미비아, 미얀마 등에서 오지탐사를 하면서 사진 촬영에 몰두하고 있다.

시집으로 『6·25와 참외씨』, 『숲은 어린 짐승들을 기른다』, 『아파트 사이로 수평선을 본다』 등이 있다.

박주관

1953년 전남 광주에서 태어나 광주일고와 동국대 국문과를 졸업했다. 1973년 「풀과 별」로 등단했다. 상명여고 교사로 재직 중 '5월시' 초대 동인으로 참가했다. 문예진흥원을 거쳐 『무등일보』, 『호남신문』, 『광남일보』 기자를 지냈다. 시집으로 『남광주』, 『몇 사람이 없어도』, 『사랑을 찾기 위하여』, 『적벽은 아름답다』 등을 펴냈다.

2001년 천상병문학상 등을 수상하였다. 2012년 지병으로 광주에서 사망하였다.

곽재구

1954년 전남 광주에서 태어났다. 전남대 국문과를 졸업하고, 숭실대 대학원에서 한국현대문학을 전공했으며, 현재 순천대 문예창작과 교수로 재직하고 있다. 1981년 『중앙일보』 신춘문예에 시 「사평역에서」가 당선되어 문단에 등단했으며, 이후 '5월시' 동인으로 활동했다.

시집으로 『사평역에서』, 『전장포 아리랑』, 『한국의 연인들』, 『서울 세노야』, 『참 맑은 물살』, 『꽃보다 먼저 마음을 주었네』, 『와온 바다』, 『푸른 용과 강과 착한 물고기들의 노래』 등을 간행했으며, 시선집 『우리가 별과 별 사이를 여행할 때』 등이 있다. 신동엽창작기금(1992), 동서문학상(1996), 대한민국문화예술상(문학, 2018)을 받았다.